詩集

北暦《ほくれき》

児島倫子

目次

装幀　岩井康頼

北暦

前奏曲

愛に
始まりがあるとすれば
それは
発芽に似ている

やわらかに
土を押し上げて
いつの間にか
そこに
ある

愛に
終わりがあるとすれば
それは
散った桜に似て

道の片隅で
ゆっくり
ゆっくり
色褪せる

残暑

冷たく澄んだ池に
放たれた金魚が
夏の太陽を食べている

水が揺らぐ
陽も揺らぐ
太陽は食べられても
大きさを変えない

昔々……
かやぶき屋根の
その家の……
井戸に西瓜が冷えていて
井戸を覗くと
夏の陽と目が合った

あの太陽も
大きかった

八月の終わり
まだ、あちこちに
大きな太陽が居座っている

乱気流

午後三時
伊丹空港上空は乱気流
雨足が強い

鹿児島便は関西空港着陸を決め
折り返し便は欠航
青森便は
名古屋空港へ向かい
欠航か否かは不明

乗客は散りぢりになり
搭乗口に残された
窓に雨があたり
木がしなっている
私も乱気流

なるようになる
なるようにしかならない

そう呟いて
水と食べ物を買った

漂流

あなたを
漂う
指先で
あなたをなぞる

柔和な
視線を夢見て
あなたを
漂う

昼と夜が
すれ違う
遠い
遠い音を
聞きながら

晩夏

友を
浅虫に訪ねる
早く着いたので
日陰で海を見ることに決めた
海風が肌寒い

流木の程よい丸みが
晒された時間を思わせ
さわさわ
波が記憶を洗う

弁天島は
変わらない
島で遊んだ日からの歳月が
海に眠る

海の底で
あの時の鴎が鳴く

風衣が
程よく
晩夏のほてりを鎮めてくれたので
約束の場所で
ゆったり海を眺めながら
友を待った

秋鈴

二階の窓で
網戸に凭れ
風鈴が夏を見送る

軽い襖を開けると
父の座机の上にも
外された風鈴一つ

秋の指先が触れ
ちり…と音の粒がこぼれた

心にとまって
じいじい鳴き続ける
蝉がいる

伝説

月と太陽が
すれ違う時
愛の種子が
時満ちて
割れ

愛は
夢の胞子に
運ばれて

地に満ちる
月と太陽が
すれ違う時

壊れた
愛の
かけらが

夢の胞子に
そっと運ばれ
闇の奥深くに
葬られる

秋晴

植えた覚えがないのに
たった一輪
曼珠沙華

細長い茎の先に
五つの花が寄り添い
蕊は
ぴーんと
受容の形で空に張る

たった一輪
手をかざすと熱はなかった
滾らせたものを既に鎮めた炎花

ぐっと背筋を伸ばして
その立ち姿を真似てみる

悲　沼

弔いの鐘が鳴る
其の村では
人が亡くなると
空が割れ
幾日も幾日も黒い月が出るという

村人総出で死者に捧げる祈りは
途切れることを知らず
砕け降る空の破片と
地面に散らばったそれとで

村人はあちこちから血を流す

やがて村はずれに
真紅の悲沼ができ
其の沼の底で
死者は村の守護のために
眼を開ける

声

何度も
秋を抜けて
歩いてきた
今も又
秋を歩いている
道端に露草
どくだみの枯れる匂い
赤とんぼ
細い細い蜘蛛の糸
秋を

そぞろ歩くと
声をかけてくるものがいる
本当に
ちっちゃい
ちっちゃい声で
声の主は誰だろう

雪明り

深々とした秋が逝き
初冠雪

裸電球の真下の
倹しい食卓の小皿に
悲しみがのる

気づいたあなたが
〈いやあ　悲しみの刺身だね
さあ　熱燗〉

と言って笑う
一合の慎ましさは
夜の底を持ち上げ
外は純白

望　み

私が
もう一度見たいのは
陽が新雪に描いた
ゆっくり流れていく雲の
影絵です

忘れられずにいる
菫の小道です

雨上がりの朝

蜘蛛の巣についていた
無数の水滴です

私が
もう一度覗いてみたいのは
あなたの穏やかな目の奥の
瞳です

近くで聞いてみたいのは
あなたの声です

心の栓をひねると
たつたつ
望みが
数滴落ちました

さむしさ

通り過ぎるものの
正体を
実はずっとずっと前から
知っていたのです

それは一体
いつ棲みついたのでしょう
みんなの中にも棲んでいますか
今まで誰にも聞けなかったこと

私は
母のそれの中身を知らない
父のそれの大きさをはかれない
隣にいる人の心に
大きく巣食っているかもしれない
子供達にうつしたかもしれない

寂しさとか
淋しさではない
さむしさ
黄昏に漂う

北　暦

卯月　季節の卵がかえる
何もかも一斉に深呼吸し始め
目覚めた山の水音がする

皐月　鯉のぼりがはためき
砂利の間から菫がぽつりぽつり
菫街道と名付けた小道にこころ通う

水無月　湿った雨が多くなる
あなたを思った

葉月　紫陽花の脇に朝顔を植える
ひと雨ごとに伸びる薔薇
土の偉大さ　水の偉大さ

文月　ふみを書く相手がいない
伝えることがこんなに多いのに
向日葵が頭を垂れる

長月　虫が乞うているのは誰の許しでしょう
夜が満ち煌々と月明り
さめざめと泣く孤独が虫の声に消される

神無月　実り見回る神は留守
野分けの日ががたがた薄い窓ガラスが揺れて
かまどの火を絶やさない女の忍耐が思われる

霜月　雪囲いが終わり池に蓋
誰も居ませんね相変わらず
しいんとした家じいんとしてストーブをつけた

師走
そろそろ晴れ着の支度です
魂も着替える準備です

睦月　床の間に南天と百合と松
羽根つきかつんかつん
独楽が新しい暦の上で祝い舞い

如月
屋根雪積もってかまくらに蝋燭の灯り
角巻にくるまる夢

弥生　商家には豪華な雛飾りが残っている
武家の享保雛の五人囃子が黒い歯を見せて笑う
こけしの雛飾りで節句を祝う

京土産

ここに
風呂敷に包んで持ち帰った
京都の景色を広げます
二条大橋から眺める
鴨川の朝です
ゆっくり歩く人十人
走る人五人
犬二匹
橋の下にテント
テントに暮らす人の飼い猫

猫の食器
なぜか鷺一羽

もう一枚
広げます
春の花です
城南宮の枝垂れ梅
霊鑑寺の日光椿と月光椿
柳にひきたてられた桜

淡い色の桜は
清潔な若い女の人のようです
花の匂いを

あなたに

母の日

母はいつも
広い玄関に立って
こちらを見ている
心配そうに

我が家の玄関は狭い
正面に絵があり薄暗い
一体何人の人が
此処で靴を脱いだだろう

見送った影を数え
季節毎にスリッパを替え
時々水をまき

気づくと
私も母のように
玄関に立っていた

六月の朝

目玉焼きを焼きながら
太陽だと思った
薬缶の湯気は
汽車の煙
田圃に昨夜落ちた三日月を
今日は探しに行こう
一杯の珈琲に
朝を浮かべる
見渡す限り緑の早苗
畔に菜の花

季節は揺り籠のように
ゆっくりゆっくり
旅人を揺する

七月は……

七月は祝祭
ちちっと雀
セキレイが芝生に遊び
燕が換気口に巣を作り子育てしている
すぐりが紅く連なり
百合は頬紅色
誇り高く青薔薇咲いて

何の本読んでいるの
社会学

何していたの
考え事
考え事なら私もしているわ
記憶の畳み方について
本当に必要なものについて

七月は祝祭
新しい朝は白々と始まる
塗る色を決めるのは
あなた

交差点

都会の朝
カーテンを開けると
雨の交差点

色とりどりの傘
綺麗なパレード
進む黒傘
よける水玉
すれ違う黄色と花柄…

まちまちの動き
かわされる挨拶
ぱちぱち弾む雨音

ビニールの傘買って
仲間入りしたい
朝のパレード

夏の絵

絵を変えると
ひんやり
いい風が吹いてきた

描かれてあるのは
かばいあうように
高みを目指す
ブナの巨木で

絵なのに

ひんやり
いい風が吹いてきて
こちらの空気と
入れ替わる

暫くの間
絵窓から
吹き込む風と
過ごした

夏至

積み重ねられた
アルバムのページを
突然
風がめくると
様々の物語の場面が
散らばった

庭の欅がしなって
風が
まだページをめくり

追いやった筈の
眩しい日々が
ほんの少し
疼いた

刻々と
色褪せる写真に代わる
晴れやかな
写真を
一年で
一番長い日に
撮らなければ
という気になった

誰かと

誰かと
ホントの話がしたい
狭い場所で
独楽のように
自分を軸に回るのを止めて
広い場所で
たまには
大声で

誰かと

ホントに
笑いあいたい
さやさやと
葉擦れのように

誰かと
深く話したい
綺麗に光る海の
魚が
何万匹も集まる場所で
太陽や月が
聞き耳を立てるような
話がしたい

旅の靴

淡路島の南端から船に乗り
鳴門海峡に出た
渦潮は見えなかった

琵琶湖を訪れた十月半ば
比叡山の紅葉はまだだった

十和田の紅葉は楽しみの一つ
紅《あか》の見頃になかなか会えない

そんな矢先
シンガポールに誘われた
出発は二月気温は三〇度
羽田で夏服に着替えての
七時間のフライト

目的を持たない初めての旅
つま先の向こうに見知らぬ風景
旅の靴を探す

ゆきだま

ちちちときしむ
さむしさを
ゆきだまのように
ぎゅっとにぎりしめた

さむしさ　ちちち
とけてなくなれ
きっとなくなれ
それは　ははのうた

とうさんもかあさんも
おもえばゆきみたいにきえて
きしむさむしさついばむ
てんじょううらのあかいとり

ききき　ききき
ゆきがふりやまない
ききき　ききき
あかいゆきがふればいい

児島倫子（こじま・みちこ）
一九五四年　青森県弘前市生まれ
二〇〇九年　第一詩集『甘溜り』（弘前詩塾）
青森県詩人連盟賞

詩集　北暦《ほくれき》

二〇一七年十月五日発行

著　者　児　島　倫　子

発行者　伊藤裕美子

発行所　津　軽　書　房

〒〇三六―八三三二
青森県弘前市亀甲町七十五番地
電　話〇一七二―三三―一四一二
FAX〇一七二―三三―一七四八

印刷／㈲ぷりんてぃあ第二
製本／㈱エーヴィスシステムズ

乱丁・落丁本はお取り替えします

ISBN978-4-8066-0239-2